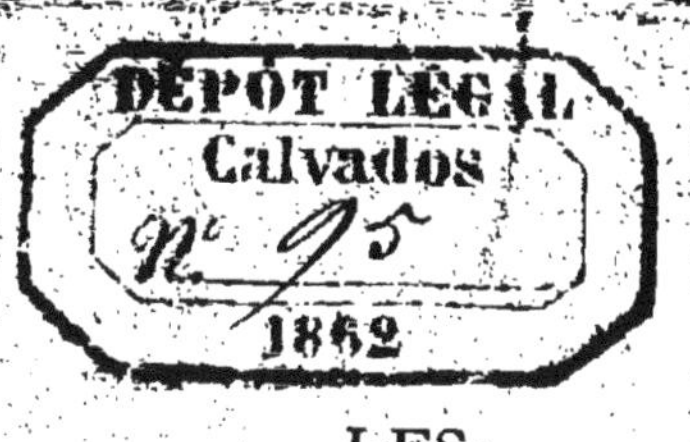

LES

NOELS VIROIS

PAR

JEAN LE HOUX

PUBLIÉS POUR LA PREMIÈRE FOIS D'APRÈS LE MANUSCRIT DE LA BIBLIOTHÈQUE DE CAEN

AVEC UNE INTRODUCTION ET DES NOTES

PAR

ARMAND GASTÉ

CAEN
LE GOST-CLÉRISSE, ÉDITEUR
RUE ÉCUYÈRE, 36

1862

NOELS VIROIS
DE JEAN LE HOUX

Tiré à 200 Exemplaires.

LES

NOELS VIROIS

PAR

JEAN LE HOUX

PUBLIÉS POUR LA PREMIÈRE FOIS D'APRÈS LE MANUSCRIT DE LA BIBLIOTHÈQUE DE CAEN

AVEC UNE INTRODUCTION ET DES NOTES

PAR

ARMAND GASTÉ

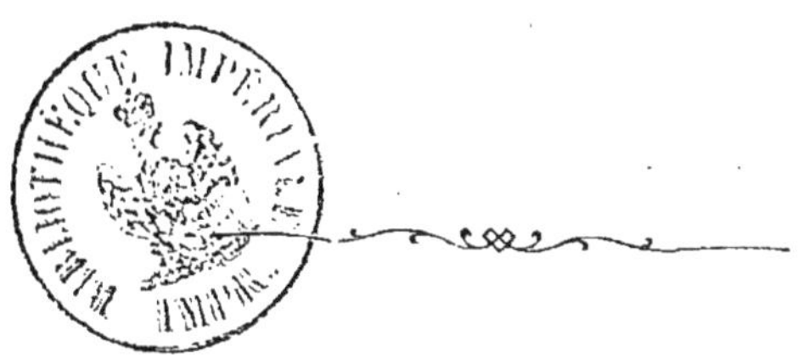

CAEN
LE GOST-CLÉRISSE, ÉDITEUR
RUE ÉCUYÈRE, 36

1862

INTRODUCTION.

I.

LES NOELS VIROIS.

Nous ne ferons pas ici l'histoire des cantiques spirituels français, appelés *Noëls*. Nous dirons seulement ce qu'étaient les Noëls au XVIe siècle.

« Entre tous les mystères de nostre Evangile, nous dit Estienne Pasquier (*Les Recherches de la France*, liv. IV, ch. XVI), il n'y en a pas auquel nous apportions plus de dévotion qu'en la Nativité de Nostre-Seigneur. Car encores que sa Mort et Passion soit le vrai point où commença de reluire nostre Christianisme, plus qu'en tous les autres, comme dit sainct Augustin, et qui produisit des miracles, lesquels n'avaient point été faits auparavant ce sacré mystère, comme l'abandonnement de nos biens au profict de l'Eglise : toutesfois nostre Eglise apporte plus de soumissions dans le Symbole des Apôtres, que l'on dit devant l'élévation du *Corpus Domini* à la messe, en l'article de la Nativité qu'en tous les autres, parce qu'en ces mots : *Et homo factus est*, chascun, avec une soumission de sa teste, s'agenouille, ce qu'il ne faict en tout le demourant du *Credo;* et tout ainsi que nous sommes six sepmaines à faire abstinence le Quaresme, avant la Passion de Nostre-Seigneur, aussi ne sommes-nous pas moins de temps à nous esjouyr devant les festes de Nouël, que nous appelons les *Avants;* et en ma jeunesse, c'estoit une coustume que l'on avoit tournée en cérémonie, de chanter presque tous les soirs, presque en chasque famille des Nouëls, qui estoient chansons spirituelles, faites en l'honneur de Nostre-Seigneur. Lesquelles on chante encore en plusieurs églises, pendant que l'on célèbre la grand'messe, le jour de Nouël, lorsque le Prestre reçoit les offrandes... » (Ed. d'Amsterdam, tome Ier, page 398.)

Ce passage a son importance. Nous voyons, en effet, ce qu'étaient les Noëls au temps d'Estienne Pasquier, c'est-à-dire à l'époque même où a vécu Jean Le Houx. Estienne Pasquier, né à Paris en 1529, mourut en 1615. Jean Le Houx fut son contemporain, puisqu'il est mort en 1616, dans un âge fort avancé. — Nous voilà donc fixés sur le caractère des Noëls de Jean Le Houx, c'étaient des cantiques faits pour être chantés le soir en famille. Du reste, outre le témoignage de Pasquier, nous avons celui de Jean Le Houx lui-même. Voici ce qu'il nous dit dans le Noël XIIIe :

Les honnestes gens de Vire
Ceste nuict alloient jadis
En trouppe chanter et dire
Cantiques chez leurs amis.

Mais par la chiche avarice
Les bourgeois de qualité
Ont ce dévot exercice
Aux petits enfants quitté.

Le vieil temps nous voulons suyvre
Pour l'amour de cest enfant,

De ce Dieu qui fist revivre
Nostre salut en naissant.

Jean Le Houx ajoute :

Ce n'est point ce qui nous meine
Que vostre argent et vos biens,
Nous ne vendons nostre peine
Jamais aux honnestes gens.

Nous venons pour vous semondre
De louer cil qui pour nous
Vers son père vint répondre
En apaisant son courroux.

Le premier de ces deux couplets semble nous indiquer que si certaines gens allaient gratuitement chanter la *Nativité* chez les bourgeois de Vire, d'autres ne refusaient pas l'argent qu'on leur offrait. — Cette coutume s'est perpétuée dans nos campagnes, sinon à la fête de Noël, du moins à Pâques. Des enfants, voire même de grands jeunes gens, vont, accompagnés de violons souvent enrhumés, chanter d'une voix chevrotante la *Résurrection.* — Ils réclament des œufs pour prix de leur peine.

Les Noëls de Jean Le Houx ne sont pas les

seuls Noëls virois que l'on connaisse. — Dans un manuscrit de Jehan Porée, que possède M. J.-F. Lepelletier, avocat à Vire, et que, grâce à l'obligeance bien connue de ce savant bibliophile, nous avons pu consulter dernièrement, se trouvent, outre vingt chansons dont la plupart sont inédites, trente-huit Noëls. Voici le premier :

A la venue de la Nativité
Du fils de Dieu qui est aujourd'huy nay,
Nous chanterons Noël joyeusement.

Aux pastouriaux l'ange a desnoncé
Qu'en Bethléem allassent promptement,
Là trouveront Marie et son enfant.

Adonc ont fait les pastouriaux un chant
Disant Noël, de l'enfant qui est nay,
Noël, Noël trestous s'en vont chantant.

En la maison, là où fut nay l'enfant
Si grand clarté du ciel en descendit;
Plus clair estoit que n'est le feu ardent.

Entre le bœuf et l'âne povrement
En la cresche il a voulu nasquir
Et nous oster trestous de damnement.

Trois nobles roys partis d'Orient
En Bethléem sont venus adorer
Le roy des roys, le Dieu omnipotent.

L'un portoit or qui est riche présent,
L'autre myrrhe de grand odorité,
Le plus jeune lui offrit de l'encens.

Le roy Herodes le très-mauvais tyrant
De cest enfant sy est moult courroucé
Il a juré qu'il mourroit briefvement.

Adonc manda querir tous ses sergens
Et ses bourreaux pour aller décoller
En Bethléem tous les petits enfants.

Or deprions Marie et son enfant
Qu'en paradis puissions trestous aller
Quand ce viendra notre deffinement.

II.

JEAN LE HOUX.

L'auteur des Noëls que nous publions est le Virois Jean Le Houx. Né au XVIe siècle (de 1530 à 1540), il mourut, comme on l'a déjà dit, en 1616.

Nous avons assez peu de détails précis sur sa vie. C'est son ami et compatriote, le médecin-satirique Sonnet de Courval qui, dans une épitaphe, trop louangeuse, même de la part d'un ami, s'est chargé de nous dire ce que fut Jean Le Houx :

Passager viateur, qui visites ce temple,
Arreste un peu tes pas, et, de grâce, contemple,
Ce tombeau dans lequel gît le docte Le Houx,
Houx toujours verdoyant en vertus immortelles,
En cent perfections admirablement belles,
Qui le faisoient paroistre un soleil entre nous.

Il fut peintre excellent et très-sçavant poète,
Très-disert avocat ; mais son esprit céleste
Détestoit du barreau la chicane et le bruit,
Peu sortable à une âme extresmement pieuse
Comme la sienne estoit, se montrant peu soigneuse
D'exercer son estat qui les plus fins séduit.

Si quelquefois contraint, il plaidoit au barreau,
C'estoit un Cicéron, un Apelle au pinceau,
En latine poésie un Maron très-habile,
Et pour les vers français Ronsard il égaloit,
De sorte que lui seul tout l'honneur il avoit
De Ronsard, Cicéron, d'Apelle et de Virgile.

Passant, va-t'en en paix et n'espères apprendre
D'aultres siennes vertus que l'on ne peut comprendre.

Sur ce plan raccourcy, remarque seulement
Que le docte Le Houx, poète, orateur, peintre,
Est gisant en ce lieu qui fait ensemble plaindre
Les Arts, Thémis, Parnasse, auprès son monument[1].

Résumons toutes ces qualités, et sous les hyperboles de Sonnet de Courval, tâchons de découvrir la vérité vraie :

1° *Il fut peintre excellent* — Là-dessus, devons-nous nous en tenir à l'assertion de Sonnet de Courval ? — Dans le manuscrit de Caen, manuscrit autographe de Jean Le Houx, comme nous essaierons de le prouver, on voit des lettres fantastiques qui sont d'un médiocre dessinateur.

2° *Très-sçavant poète* — Assurément, les Noëls de Jean Le Houx ne sont pas des chefs-d'œuvre. La vieillesse de l'auteur s'y fait sentir en plus d'un endroit. Mais les *Vaux-de-Vire*, la partie capitale des œuvres de Le Houx, nous donnent de son talent poétique une assez haute idée. Là « son langage est précis, coloré et

---

Les Œuvres de Sonnet de Courval (satires), in-8° [illegible], p. 342.

souvent énergique, et rien n'y révèle la fadeur subtile des rondeaux du XVIe siècle, et la grâce mignarde et bien souvent apprêtée de quelques ronsardisants [1]. »

Ajoutons que lorsqu'il publia les *Vaux-de-Vire* (vers 1575) Malherbe n'avait encore que vingt ans.

3° *Très-disert avocat, mais son esprit céleste*
Détestait du barreau la chicane et le bruit.

Fut-il très-disert avocat? C'est possible. Ce qu'il y a de certain, c'est qu'il n'aimait guère les *sacs et les procès.*

Mieux vaux vuider et assaillir
Un pot qu'un procès difficile.
Au moins cela m'est plus utile;
Car les procès me font vieillir,
Le bon vin me fait rajeunir.

On trouvera dans les *Vaux-de-Vire* vingt variations sur ce thème.

---

[1] M. E. de Beaurepaire. *Olivier Basselin, Jean Le Houx et le Vaudevire normand*, p. 51 (tome XXIII des *Mémoires de la Société des Antiquaires de Normandie*).

4° Il était :

En latine poésie un Maron très-habile.

Il nous reste de lui une petite pièce de vers latins, qui, dans le manuscrit de Caen, sert de préface aux *Vaux-de-Vire.*

En voici les premiers vers :

Bacchica bella mihi nunc sunt bellanda bibendo :
Arma mihi veniant optima quæque mera.
Debellabo Sitim magnis cum viribus hostem :
Oris sicca aditus occupat Illa mei.
Pro lituo, cantu juvat hoc accendere Martem,
Versibus his bibulis tam bona vina cano....

5° Nous avons vu qu'il :

Détestoit du barreau la chicane et le bruit,
Peu sortable à une âme estresmement pieuse
Comme la sienne estoit.

Buveur et pieux ! poète des *Vaux-de-Vire* et des *Noëls !* comment accorder tout cela ? C'est moins difficile qu'on ne pense.

Le Houx est sans doute un joyeux compagnon ; mais, comme il nous le dit lui-même :

Il hait l'ivrognerie
Et pensant résister à sa mélancolie
Il cerche ceux qui sont de jovial humeur.
(Manusc. de Caen, *Sonnet aux Censeurs.*)

Il recommande de fuir les biberons, si mauvaise est leur vie, et il dit à ses vers :

.. *Quoiqu'on ne peut bien vous chanter qu'en beuvant,*
Faites pourtant toujours garder la modestie.
(Ms. de Caen, et éd. de J. de Cesne, *Sonnet à ses vers.*)

La *modestie,* la retenue, voilà ce qui caractérise les chansons bachiques de Le Houx. « La physionomie décente et respectueuse des chants nouveaux, dit M. de Beaurepaire, ressort d'une manière plus nette et plus éclatante, lorsque l'on se reporte aux diatribes obscènes ou sanglantes contre la religion catholique, le clergé et les ordres monastiques, que le XVIe siècle vit éclore en si grand nombre. » (Page 61.)

Ne soyons donc pas étonnés si les *Cantiques de Noël* sont partis de la main qui a écrit les *Vaux-de-Vire.* — L'auteur des *Cantiques* n'a jamais dû rougir de ses premières œuvres.

Pour compléter la biographie de Le Houx,

il nous reste à parler d'un voyage qu'il fit à Rome et qui lui valut le surnom de Romain.

Dans quel but fit-il ce voyage?

Voici ce que dit la tradition : « ***Les anciennes chansons de Basselin qu'il avait fait imprimer,*** et celles qu'il composait, lui attirèrent l'animadversion d'un grand nombre de personnes et notamment des prêtres de son temps. Il prit lui-même sa défense et composa à cet effet le Vaudevire suivant :

Plusieurs en se scandalizans
De nos chansons de Vaudevire,
Secrètement s'en vont disans
Qu'elles ne font que nous induire
A boire d'autant et à rire,
Et faire en table maint excès.
Mais telles gens qui ne font que mesdire
Sur rien fonderoient un procès, etc., etc.

Mais, loin de réussir à se justifier, il parut encore plus coupable aux yeux du clergé[1] qui,

[1] Les prestres de Vire, pour lors fort ignorants, n'aprouvèrent pas son ouvrage et lui reffusèrent l'absolution, et, pour l'obtenir, il fut obligé d'aller à Rome, ce qui lui acquit le surnom de Romain. (*Mémoires*

d'un commun accord, lui refusa l'absolution, sans doute jusqu'à ce qu'il eût expié ce qu'on appelait un grand scandale. Il n'y a cependant rien dans tous ces Vaux-de-Vire qui porte atteinte à la religion ni aux mœurs. Mais, à cette époque où le protestantisme voulait s'établir, tous les esprits étaient dirigés vers les discussions théologiques et l'on réprouvait tout ce qui était profane. Alors Le Houx résolut d'aller à Rome recevoir cette absolution qu'on lui refusait dans son pays, et il exécuta ce projet, ce qui, à son retour, lui fit donner le surnom de Romain. » (*Les Vaux-de-Vire*, éd. de 1811. — Préface de M. Asselin.)

Telle est à peu près la tradition. Maintenant est-il vrai que Jean Le Houx n'ait été que *l'éditeur des chansons* de Basselin ? N'est-il pas plus vrai de dire que c'est lui, *et lui seul*, l'auteur des chansons qu'on a jusqu'ici attribuées à Basselin ?... Cette question a été sou-

---

pour servir à l'histoire de Vire, par Lecoq, lieutenant particulier au bailliage de Vire. Mss. in-folio. Bibl. de l'Arsenal, Hist., nº 346.)

levée et habilement discutée, quoiqu'un peu timidement, par M. de Beaurepaire. — Mais elle n'est pas encore entièrement vidée. Nous espérons y revenir tôt ou tard.

III.

LE MANUSCRIT DE CAEN.

Ce manuscrit précieux provient de la succession de M. d'Amayé, et a été acheté en 1833 par le savant bibliothécaire de Caen, M. Georges Mancel.

En voici le titre général :

Le Recueil des chansons nouvelles du
Vaudevire par ordre alphabétique.
Plus y sont adioustés à la fin quelques
cantiques spirituels pour le jour
ou nuict de Noël,
par
M. J. L. H. V[1].

---

(1) Par maistre Jean Le Houx, virois.

Ce manuscrit se compose de quatre parties :

1° Une épître en prose à Bacchus.

Deux sonnets (l'un *à son livre*, l'autre *aux censeurs*); des vers latins contre les avares.

Enfin, quelques vers français adressés à Le Houx par un de ses amis, qui signe I. P. V. C'est sans doute Jehan Porée, Virois, l'auteur probable, ou peut-être simplement l'enlumineur [1] des Chansons et Noëls que renferme le Ms. de M. J.-F. Le Pelletier, manuscrit qui porte la date de 1581.

2° Quatre-vingt-neuf Vaux-de-Vire, rangés par ordre alphabétique. Ce sont en grande partie ceux qui, jusqu'ici, ont été attribués à Basselin. (Deux feuillets du manuscrit sont enlevés. Il n'y a plus que quatre-vingt-six chansons.)

3° Un second recueil *de Vaux-de-Vire*, au nombre de vingt-sept, avec ce titre : *Second*

---

[1] *Simplement l'enlumineur.* Voici en effet ce que dit une note qu'on lit en tête du ms. Lepelletier :

« Je recouvert (sic) et raccommodé le présent en 1716, par considération des lettres peintres et alphabétiques, faictes par mes ancêtres. »

recueil des chansons du Vau-de-Vire nouvelles, par Me *J. Le Houx, advocat virois,* 1611.

Ce sont en général les chansons mises sous le nom de Le Houx, dans l'édition Travers (1833), et dans l'édition du bibliophile Jacob (1858).

4° Trente-deux Noëls. Voici le titre de cette quatrième partie :

Nouveaux cantiques de Noël, par
Me *Jean Le Houx, advocat virois.*

Ce manuscrit est plein de ratures qui semblent montrer « les tâtonnements laborieux de l'écrivain qui cherche son expression définitive. » C'est ce que dit M. de Beaurepaire, qui est porté à regarder ce manuscrit comme un autographe de Le Houx lui-même. J'ai voulu m'assurer si cette présomption avait quelque fondement. A cet effet, j'ai consulté les actes déposés dans l'étude de M. de Saint-Germain, notaire à Vire, et là j'ai trouvé plusieurs pièces relatives à Le Houx. J'ai pu voir, entre autres, l'acte par lequel Jean Le Houx fonde huit messes basses pour les pauvres (6 février 1613), et à la date du 9 avril 1616, la reconnaissance par Jean Le Houx d'une dette de 250 livres. — Ces deux actes et d'autres encore sont écrits tout entiers de la main de Jean Le Houx. Or, l'écriture de ces actes est *absolument la même* que celle du manuscrit de Caen.

C'est dans le manuscrit autographe que j'ai copié les Noëls de Jean Le Houx.

IV.

UN MOT SUR CETTE ÉDITION.

C'est aux amis de notre vieille poésie normande que s'adresse cette publication. Elle ajoutera peu de chose, je le sais, aux trésors littéraires de notre belle province. Mais ce peu, quel qu'il soit, faut-il le laisser de côté, le dédaigner ?—L'auteur de nos *Vaux-de-Vire* ne mérite pas cet injurieux oubli.

C'est un devoir pour moi de remercier ici M. Le Gost-Clérisse, l'éditeur consciencieux à qui la Normandie doit déjà tant d'excellentes publications, et MM. G. Mancel et G.-S. Trébutien, qui m'ont souvent prêté le secours de leur sûre érudition.

Paris, École normale supérieure, 13 janvier 1862.

ARMAND GASTÉ.

NOUVEAUX CANTIQUES

DE NOEL

PAR M. JEAN LE HOUX

ADVOCAT VIROIS.

I.

Veoir franchir la loy de nature
A un cors humain en naissant;
Et semblable à sa créature
Veoir le verbe Dieu tout puissant
Prendre un cors sans diminuer
Ce qu'il a du costé du père,
Nature laisse ce mystère
A la foi pour le digérer.

Enfant qui, sans commencement,
Né de l'essence paternelle,
Fais ta naissance temporelle,
Oy nos chants aggréablement.

Estre ce que l'on souloit estre,
Et estre ce qu'on n'estoit pas,
L'immortelle grandeur de maistre
Prendre chair subjecte au trépas;
Pour la nostre au ciel relever;
Et par chemin non ordinaire,
Qu'une vierge ensemble soit mère
La foy nous le faict advouer.
Enfant etc.

Beau petit garçon, petit prince,
Ton pouvoir n'es pas raccourcy,
Ainsi que ton cors foible et mince.
Naissant que doux est ton soury!
Que benin tu es en ton bers!
Mais tout tremblera sous ta crainte.
Alors qu'en ta majesté saincte
Viendras juger cest univers.
Enfant etc.

Si le chaste flanc de ta mère
Fut de toy par neuf mois enceinct,
Néantmoins au sein de ton père
Demeuras tousjours, verbe sainct,
Avant qu'eusses voulté les cieux,...
Et toy, belle nymphe royale,

Est-il quelque autre qui t'égale,
Mère d'un siècle gracieux?
Enfant etc.

Ta saincte couche fist renaistre
Au monde sa félicité :
Le jour commença de paroistre
Aux yeux de la Gentilité :
La voix de ton fils vagissant
Les oracles trompeurs fist taire,
Bethléem, pour bien satisfaire
A ton los, mon vers n'est bastant[1].
Enfant etc.

En t'adjugeant la préférence
Sur les palais des plus grands rois,
N'est assez veu ton excelence?...
Toy, grotte, où la naissante voix
De cest enfant premièrement
Parmy les bruttes fut ouye,
De si grand seigneur anoblie,
Te prises-tu point grandement?..
Enfant etc.

Il print la nature de l'homme,
Pour l'homme a son père porter
Au ciel, où la lugubre pomme
Ne nous permettait pas d'entrer :
Et affin qu'en resuscitant
En ce cors, la mort fust bravée,
Donne nous à ton arrivée
Ta grâce, bienheureux enfant.

Enfant qui, sans commencement,
Né de l'essence paternelle,
Fais ta naissance temporelle,
Oy nos chants aggréablement.

II.

Si le ciel monstre sa face
Claire et belle ceste nuict,
Si les ténèbres font place
A la clarté qui reluit,
C'est le ciel qui solemnise
Le temps du parturiment,
Par qui jadis fut remise
Nostre race à sauvement.

Le ciel, voyant qu'il doibt estre
Avec l'homme en amitié,
Et le siècle d'or renaistre;
Dieu, ayant de nous pitié,
Il rid calmant son visage,
Et monstre que l'Eternel
A radoucy son courage
Contre l'homme criminel.

Povres troupes pastourelles,
Vous eustes premièrement
Les bienheureuses nouvelles
De ce vierge enfantement :
Les premières y courustes,
Mesme de vos propres yeux
Vous vistes et vous cogneustes
L'attente de nos ayeux.

Maincte fleur et maincte herbette
Vous semastes dans le lieu,
Et dans la grotte servette
Où cest enfant Homme-Dieu
Estoit couché sans bombance
Sur le foing des animaux,
Foing plus rempli d'excelence
Que les riches lits royaux.

Conduits par l'astrologie,
Les trois sages roitelets,
Venus depuis l'Arabie,
Baisèrent ses drapelets,
Humbles lui faisant hommage....
Cil honorerons-nous pas
Qui nous promet l'héritage
Céleste, après le trépas?

III.

Las! quel étrange fruict, quelle admirable pomme,
Dont le mors déloyal
Couvoit tant de malheurs, et tristesse pour l'homme,
Tant de peine et de mal!

Qui eust jamais pensé que ce fruit mortifère
Eust si durable effet?
Qu'eust-ce esté si le Verbe et l'Image du Père
N'eust lavé ce forfaict?

L'enffer estoit ouvert et la mort éternelle
Nous attendoit là-bas,
Si Dieu mesme conçu aux flancs d'une pucelle
N'y eust fermé le pas;

Humble, s'il n'eust bridé l'infernale arrogance,
Et si, mourant pour nous,
Il n'eust porté sur luy la charge de l'offence,
Et n'eust payé pour tous...

De quoi t'estonnes-tu, o peu caulte nature,
Du miracle que vois?
Ce dieu mesme te fist: Dieu de sa créature
N'est pas subject aux loix.

L'homme n'y a touché; vierge reste la mère.
S'on demande pourquoy?

L'entendement humain n'attainct à ce mystère,
Il n'y a que la foy.

Tousiours, heureux berceau, ma bouche te bénisse:
O Vierge, puissions nous
Chanter par chascun an, par un sainct exercice,
Et vostre enfant et vous!..

IV.

Saincte nuict, qui nous fis paroistre
Le salut, du monde attendu,
Un dieu qui, sous la loy de naistre,
Captif pour nous s'estoit rendu,
Nuict, qu'on nomme avecques raison
L'honneur de la froide saison.

Nuict, non pas nuict, ains belle aurore,
Où un surnaturel flambeau
Que Phœbus porte-jour adore,
Nasquit par miracle nouveau,
Cachant son divin ornement
D'un chétif voile povrement.

Qui eust jugé, race céleste,
Sous tes petits membres humains,
Toute chose t'être subjette
Et être ouvrage de tes mains,
Et que ce tien corps raccourcy
Ravageast l'abisme obscurcy?

Et de toy, nymphe, que diray-je?...
Pourrois-je comprendre en mes vers
Comment tu restas tousiours vierge?...
Ces mystères sont trop couvers:
De veoir en son intégrité
Pucelage ayant enfanté.

Bethléem, ville bienheureuse;
Tes murs surpasseront en prix
La Babylone ambitieuse,
Quoy que les tiens soient plus petits.
Cest auguste parturiment
T'apporte du los largement...

Bergers, les premiers vous le vistes
Cil que les siècles attendoyent,
Si l'hommage et dons que lui fistes
De ses mérites n'approchaient,
Dieu en fist estimation
Au prix de vostre intention.

Comme la trouppe pastourelle
Eust l'heur de le voir au berceau,
Puissions en sa gloire éternelle
Le veoir en un lieu bien plus beau,
Nous donnant repos pour lequel
Il se voulut faire mortel!..

V.

Splendeur, verbe et sagesse
De ton père Eternel,
C'est à toy que j'adresse
Cest hymne solennel.

En ceste nuict, heureuse,
Aux humains gracieuse.

Pourroit bien ce mystère
Estre assez bien chanté,
Comme une simple mère
T'a pucelle enfanté?...

En ceste nuict etc.

Rends digne notre bouche
Donnant grâce à nos vers....
Nous chanterons la couche
De ta mère et ton bers.

En ceste nuict etc.

Trésor de la loy vieille,
Aux figures caché,
Tu viens, non sans merveille,
Payer nostre péché.

En ceste nuict etc.

Et te donner à l'homme
Pour pain délicieux,
Luy ostant de la pomme,
Le goust pernicieux.

En ceste nuict etc.

Tu peux veoir, Nymphe belle,
A ton vierge tetin
La puissance éternelle
Sous ce cors enfantin.

En ceste nuict etc.

Que n'avaient eu la grâce
Les princes tes ayeux
De veoir naistre en leur race;
Ce que vois de tes yeux.

En ceste nuict etc.

L'oracle et la sorcière
Du démon Pythien
Sont contraincts de se taire
Dans l'antre delphien.

En ceste nuict etc.

Bravant de nostre offence
Et du malheureux fruict,
Il void cheoir sa puissance
Et son regne destruict,

En ceste nuict heureuse,
Aux humains gracieuse.

VI.

Divin enfant, qui viens recouvrer nostre perte,
Accepte ces chansons dont nous faisons offerte
Sur l'autel de ton los, honorant de nos vers
Ta naissance et ton bers.

Comme nous, l'univers s'esgaye à ta naissance,
Et soubs ton petit cors remarquant ta puissance,
Cognoist son architecte, et l'homme, o enfançon,
Te cognoist sa rançon.

Mais le démon qui void, ceste nuict, cent miracles
En la terre et en l'air, et muets ses oracles,
Soubsçonne sa ruine, et son enffer par toy
Croulle et tremble d'effroy.

L'imposteur qui avoit les chefs de nostre race
Par un mutin manger faict décheoir de la grace,
Sçait bien que tu avois à ce péché commis
Un remède promis.

Mais aveugle il ne peut comprendre ce mystère
Que tu sois Dieu le verbe et l'image du père,
Et pense procéder d'humain attouchement
Ce sainct enfantement.

O bienheureux drappeaux, que l'Eternel attouche,
O bienheureuse mère, ô bienheureuse couche,
O bienheureux enffant qui sauves les humains,
L'ouvrage de tes mains.

VII.

Enffant conceu par deux fois :
De l'intellect de ton père,
Deja conceu tu estois,
Avant qu' eusses façonné
Du monde la grande sphère,
Et le cours au temps donné.

Par l'œuvre du Sainct Esprit
Fus conceu çà bas encore,
Dans le temps par toy prescript,
Ayant à l'homme apporté
En naissant, ô belle aurore,
Les jours de sa liberté.

Qui diroit, céleste enfant,
Voyant ce povre equipage
Que tu fusses tout puissant ?
Qui, par le discours humain,
Te jugeroit d'un lignage
Si digne et si souverain ?

Du monde en chaque recoing,
Tes grandeurs sont manifestes,
Ces drapelets et ce foing
Sont-ils donc dignes de toy,
Et la mengeoire des bêtes
Est-ce le berceau d'un roy ?

Ainsi nostre ambition
Tu garis par son contraire,
Et sur toy la cauction
Prenant de nostre péché,
Sous l'habit d'un mercenaire
Tu vins humblement caché.

Ce mystère ne put pas
Estre celé par les anges,
Qui l'annoncèrent ça bas
Aux povres simples bergers,
Qui avec dons et louanges
T'allèrent veoir les premiers.

Et nous qui n'avons eu l'heur
D'une visite si belle,
Aurons-nous moins de ferveur
A célébrer ceste nuict,
Avecques joye annuelle,
Que Dieu fut homme produict.

Toy, belle Nymphe sans pair,
De Vire saincte patronne,
Fais-nous dignes de chanter
Ton chaste sein ; et ton los
Dans nostre bouche foisonne
Procurant nostre repos !...

VIII.

Accompagnons de nos voix
  La voix angélique :
Chantons le Dieu né deux fois,
  Nostre espoir unique,
Verbe sans commencement,
Conçeu naturellement
De l'intellect paternel,
  D'une même essence,
Avec son père éternel
  Égal en puissance.

Son aultre nativité
  Si l'on considère
Pour nostre heur elle a esté
  Pleine de mystère.
La mère de cest enfant
Vierge comme auparavant
. . . .
  L'angoisse ne touche
Que souffrent communément
  Les femmes en couche.

Nymphe, qui ostes nos maux,
  Il n'est raisonnable
Que tu sois en ces travaux
  Aux aultres semblable.

Leurs péchés n'avoient aussi
De ta saincte âme obscurcy
L'originelle beauté.
Belle Nymphe, excuse
Vers ton fils l'infirmité
Dont chacun s'accuse.

Et toy, céleste enfant,
En nostre nature
Qui vas d'enfer triomphant,
Si par adventure
Te faisons trop peu d'honneur,
Tu sçais bien qu'à ta grandeur
Le los ne peut estre égal:
Prens, et te contente
Des chants qu'en ton jour natal
Chacun te présente.

IX.

Nuict, aux humains oppressés
Tu sois la bien venue!
Nuict par les siècles passés
Longuement attendue;
Nuict!... plus tost lumière,
Pleine de mystère,
Qui vis naistre ce soleil en faisant ta carrière!

Soleil, clarté de clarté,
O parole æternelle!
Qui as en ta majesté
L'essence paternelle,
Tousiours par présence,
Tousiours par puissance,
Tu fus au monde, où tu pris, faict homme, ta naissance.

D'Adam est fille ta chair,
A cause de ta mère,
Mais de son gourmand pécher
Elle n'est héritière.
Heureuse nature,
Qui la nostre impure
Deschargeas du lourd fardeau de l'antique imposture!

Vierge, qui portas ce fruict,
Mère de nostre Alcide,

Qui les enfers a destruict
Par son sang monstricide,
Jamais, o pucelle,
N'en fut une telle;
Quel chant pourroit égaler ta louange immortelle?

Que n'eus-je l'heur des bergers
Qui de dons t'honorèrent,
Ou des princes estrangers
Lesquels te visitèrent!...
Brutes paresseuses,
Qui respectueuses
Vistes vostre Créateur, que vous fustes heureuses!

Nous qui ne l'avons pas veu,
Ne perdons point courage;
Au ciel nous le verrons, pourveu
Qu'en ce mondain passage
Nous suivions ses traces,
Craignans ses menaces,
Et que d'un bienfait si grand nous lui rendions grâces.

X.

Dieu le père, agissant de son entendement,
Se contemplant, conceut son verbe, son image,
Coœternel à luy, avant tout temps et age,
Non de la volonté, ains naturellement.

Ce fils, ceste splendeur dont l'essence despend
Et l'estre souverain seulement de soy-mesme,
Qui fist et créa tout, zélé d'amour supresme,
C'est luy-mesme lequel nostre nature prend.

C'est celuy que l'on vit en Bethléem, couché
Entre les animaux sans pompe et sans parade,
Pour humble terrasser l'infernal Encelade
Et vaincre par sa mort la Mort et le Péché.

Ce fust l'abisme, o Dieu d'amour et de bonté,
Qui vous fist rehausser ainsi nostre nature;
Vous vous fistes semblable à vostre créature,
Pour la déifier par vostre humilité.

Si vostre nation ne vous a pas congneu,
Neantmoins ses presens vous offrit l'Arabie.
Le tyran qui craignoit perdre sa seigneurie,
Meurtrier des Innocens, ne vous eust pas receu.

Faictes-nous dans le cucur, o Dieu, vous receveoir
Qui recevons de vous tant de bienffaits sans cesse,
Et qu'ayant en ce monde imité vostre humblesse,
Nostre âme en vostre gloire au ciel vous puisse veoir.

XI.

O lampe journalière,
Pourquoy vas-tu croissant
Peu à peu la lumière
De nous te rapprochant?..
C'est qu'en ce temps de grâce
Un soleil est produict
Qui nous donne au ciel place
Et chasse nostre nuict.

A la fin de l'année,
D'où vient par l'univers
Ceste voix entonnée
D'hymnes et chants divers?
Une celeste engeance,
En ce temps bienheureux,
Rejoinct par aliance
La terre avec les cieux.

Mais d'ou vint ce divorce
Du ciel avecques nous,
Et qui aigrit la force
De ce divin couroux?
La friandise folle
D'Adam trop curieux
Qui crut à la parole
Du demon tortueux.

Falloit-il que tout homme
Perist par ce manger?

Avoit bien une pomme
Si notable danger?
Cette inobédience
Vers le bien souverain
Imprimoit cette offence
A tout le genre humain.

Ainsi donc nous succède
Ceste rebellion;
Mais eult point de remède
Ceste contagion.
Pour oster cette ordure,
Dieu mesme humanisé
Vestit notre nature,
Se rendant méprisé.

O puissance éternelle
Qui, pour l'homme homme faict,
D'une Nymphe mortelle
Succeas le vierge laict,
En une povre grote
Parmy les animaux,
Et servis d'antidote
Pour garir tous nos maux.

Anime nos courages
En tes sainctes chansons,
Et reçoy les hommages
Des chants que nous t'offrons.
Plus tost soyons sans vie,
Sans langue et sans repos,
Que jamais on oublie
De célébrer ton los!...

XII.

Arche de la Divinité
Toute d'or, puy de chasteté,
Qui neuf mois gardas la richesse,
Par qui l'éternelle bonté
Changea nos soupirs en liesse.

Royne des celestes espris,
Berle d'inestimable pris,
Fleur qui ne fus jamais foulée;
Astre qui pour nostre heur reluis
Bening sur la voulte étoilée!

Saincte toison de Gédéon,
Verge merveilleuse d'Aaron,
Porte au seul Eternel ouverte,
Colombe de dilection
Qui apportas la branche verte!

Buisson verd aux flames resté,
Segor qui arse n'a esté,
D'un patriarche la retraite,
Char brulant de la charité,
Où fust porté ce grand prophete.

Magnifique tour de Sion,
Trosne du grand roy Salomon,

Et bref, o vierge ensemble et mère,
Que du prix de nostre rançon
Dieu choisit pour dépositaire ;

Fay que chacun ait souvenir
Par tous les siècles à venir
De ton parturiment insigne
Que jamais ne puisse mourir,
Ton los dans nostre bouche indigne!

Reçoy, patronne des Virois,
Le sacrifice de nos voix,
Et en la grâce fortunée
De ton enfant, le Roy des Roys,
Fay-nous recommancer l'année !

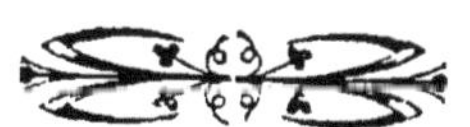

N. B. — En tête de ce *Noël* on lit (Ms. de la Bibl. de de Caen) :

Cestuy-cy ne sera mis au nombre des aultres.

Les honnestes gens de Vire
Ceste nuict alloient jadis
En trouppe chanter et dire
Cantiques chez leurs amis.

Mais par la chiche avarice
Les bourgeois de qualité
Ont ce dévot exercice
Aux petits enfants quitté.

Le vieil temps nous voulons suivre
Pour l'amour de cest enfant,
De ce Dieu qui fist revivre
Nostre salut en naissant.

Ce n'est point ce qui nous meine
Que vostre argent et vos biens,
Nous ne vendons nostre peine
Jamais aux honnestes gens.

Nous venons pour vous semondre
De louer cil qui pour nous
Vers son père vint repondre
En appaisant son courroux.

O que la trouppe bergère
Eult d'heur en le visitant,
Et la pucelle sa mère
De joie en le baisottant !

Que n'estions-nous en vie!
Aurions d'un pas léger,
Comme les roys d'Arabie,
Courru là pour l'hommager.

Ores que nous fault-il faire?
Si d'un cœur obséquieux
Nous taschons de lui complaire,
Nous le pourrons veoir aux cieux.

XIII.

O grand Dieu, nous recognoissons
De nostre muse l'impuissance,
Et qu'indignes sont nos chansons
De ta bienheureuse naissance;

Que les yeux de nostre intellect
Ne peuvent ouvrir leurs paupières,
Pour veoir ce merveilleux object,
Ce soleil de tant de mystères.

Mais quoy! serons-nous endormis!
Estant aux pieds de ta victoire
Terrassez nos vieux ennemis,
N'en célébrerons la memoire?..

Reçoy donc ces chants que t'offrons,
Puisque ta grandeur éternelle
Daigna bien recevoir les dons
D'une brigade pastourelle.

Messias, tu sois bien venu
Pour effectuer tes promesses!
Des tiens toutes fois mecongneu,
Car, grand roy, beaucoup tu t'abaisses.

O bienheureux les drapelets
Qui couvroient ta chair enfantine,

Tes petits membres tendrelets
Unis à l'essence divine.

Soit une estable seulement
Ou une voulte ruineuse
Où ce fist cest accouchement,
O place à jamais bienheureuse!

Vierge, que dirons-nous de toy?
Si te nommons de Dieu la mère,
Sera-ce point assez de quoy
A ta louange satisfaire?...

Nos vers à jamais te vouons :
Ton los ne cesserons de dire,
Cependant qu'icy nous vinrons,
O saincte patronne de Vire.

XIV.

Subject pour te chanter
Ne nous pourroit manquer :
Mais, Vierge, nostre muse,
Nos chants et nos propos
Sont moindres que ton los,
Pourtant ne les refuse.

Cher sacraire de Dieu,
Jardin dans ton milieu
Qui eus le fruict de vie,
Belle et royale fleur
Qui gardant ton honneur
Ne fus jamais flétrie.

Le germe vicieux
De l'homme ambitieux
Qui premier fist offence,
Vid son dam repparé
Par ce fruict bienheuré
Qui prist de toy naissance.

Vierge, qui le portas,
Vierge, qui l'enfantas,
Belle nymphe, bel astre,
L'heur perdu dans Adam
Revint par ton moyen
Chasser nostre désastre.

Fay donc que nous ayons
Tousiours dignes chansons,
Qu'en ton los on s'esgaye;
Fay qu'annuellement
Pour ton parturiment
Se double nostre joye.

XV.

Soubs Auguste l'empereur,
La fureur
De la guerre forcenée,
Regnant un siecle doré
Bienheuré,
Par tout estoit appaisée.

Quand du ciel le grand moteur
Et facteur
De ce que le ciel enserre,
Vint pour faire accord et paix
A jamais
Entre le ciel et la terre;

Il ne vint en majesté
Redoubté,
Ny en grandeur furibonde;
Mais il vint comme un subject
Plus abject
Que créature du monde.

Par ces armes il combat
Et abbat
L'arrogance tartarée,
Et nous montre en s'abbaissant
Quant et quant
Qu'humilité luy aggrée.

Les Mages ne laissent pas,
A grands pas,
De le venir recongnoistre
Avec un triple présent.
Tout vrayment
Dit vray Dieu, vray roy, vray prestre.

Salut, dont aux siecles vieux
Nos ayeux
Avoyent si grande espérance :
Puissions-nous au ciel te veoir,
Et avoir
De ta paix la jouissance!

XVI.

Philin et deux aultres bergers
Oyoient une trouppe angélicque
Par un doux concert de musique,
A minuit, qui disoient ces vers :

Aux cieux gloire à Dieu! ça bas paix
Aux hommes de bien désormais!

Et regardoient tous estonnés
Resplandir les monts d'Idumée
De clarté non accoustumée,
D'un beau jour tout enluminés.

Aux cieux etc.

Ce fut lorsque l'Emmanuel
Nasquit d'une Nymphe royalle,
Non par semence conjugale,
Mais par œuvre spirituel.

Aux cieux etc.

L'Ange à veoir cest enffantement
Les convie et les admoneste;
Ils y vont menans grande feste,
Chacun y porte son présent.

Aux cieux etc.

Ils voyent ce petit roy couché
Dans la crèche en povre équipage,

A peine ils croyent que c'est le gage
Et la rançon du vieil péché.

Aux cieux etc.

O bon Dieu, quelle royaulté !
Les bruttes lui font compagnie,
Néantmoins Joseph et Marie
L'adorent en humilité.

Aux cieux etc.

Ses mouvemens sont tous divins :
Son ris l'heur céleste dénotte ;
La Vierge est là qui le baisotte,
Lui offrant ses sacrés tetins,

Aux cieux etc.

Mais nous, offrons-luy nostre cueur,
Net de péchés à ceste feste !
L'âme à le recepveoir s'appreste,
La langue, à chanter son honneur !

Aux cieux etc.

XVII.

Que d'un los annuel
On celebre Noel,
C'est chose raisonnable :
Ce fust lors qu'apparut
Et nasquit le salut
De l'homme misérable.

Lors se vid affoibly
Le pouvoir qu'estably
L'enffer s'estoit au monde :
Tout le peuple payen
S'estonne que plus rien
L'oracle ne responde.

Faux Apollon, d'abus
Delphes n'empliras plus.
Le vray soleil se lève,
Qui ton obscurité
Chasse par sa clarté.
Ton regne ores s'achève.

En ceste heureuse nuict,
On void ce qu'a prédict
La bouche sybiline;
Par un œuvre divin
Un enffant au tetin
D'une pucelle digne.

Les anges à miliers
Avecques les bergers
Luy font un lige hommage,
Et adorent le bers
De cil dont l'univers
Confesse estre l'ouvrage.

Donnons luy tous les ans
Tous nos cueurs et nos chants.
Ceste nuict vénérable,
Offrons luy nos saincts vœux
D'esprits obséquieux,
Et le rendons placable.

XVIII.

Les roys mondains dont le sceptre orgueilleux
Périt en bref, naissent pompeusement ;
Mais Dieu, qui tient sceptre éternel aux cieux,
Humanisé, nasquit très-povrement.
Adam deceu, cuidant superbement
Estre faict Dieu, perdit grâce et la vie ;
Mais pour luy rendre, ainsi Dieu s'humilie.

Il voulut naistre en un autre voulté,
Au lieu de mieux, entre deux animaux
En Bethleem, où il fut visité
Par simples gens qui gardoient les troupeaux.
Son lit de foing et ses petits drapeaux
Nous font leçon de povreté crétienne.
L'humilité la crèche nous enseigne.

Vierge, tu fus la molle et belle fleur
Qui croist sans pointe au rosier epineux ;
Le cep d'Adam n'offencea ta blancheur,
Ny son péché commun à ses neveux ;
Et par moyen vrayment miraculeux
Et qui laissa Nature espouvantée
Tu enffantas ta céleste portée.

Par un chemin aux hommes incongneu,
Le verbe chair son sainct temple quitta,

Affin qu'Adam plus serf ne fust tenu,
En serviteur ça bas se présenta,
Sous les membres enffantins s'arresta
Et soubs la loy de mourir et de naistre,
Luy qui compris des cieux ne pouvoit estre.

Tyrant, en vain le poursuivois à mort
Luy qui venoit pour nous vivifier;
Entre les bras de leurs mères à tort
Tu fis, bourreau, les Innocens tuer;
Encor n'estoit temps de sacrifier
Ce sainct agneau. Ta terrestre couronne
Ne t'ostera, qui la céleste donne.

XIX.

Heureux esprit, æternelle puissance,
Amour spiré de la divinité,
Laquelle n'est avec toi qu'une essence,
Sans toy nos vers, pleins d'imbecilité,
Ne se pourroient élever vers les cieux
Sur un subject qui nous rend tant joyeux.

Donne leur donc et le style et la grâce,
Pour bien chanter, avec un air françois,
Le Messias, qui sur simple paillasse
Naistre voulut pour mourir en la croix,
Et nous donner un repos gracieux ;
C'est le subject qui nous rend tant joyeux.

L'humilité, c'estoit donc l'antidote
Qu'il préparoit à la rebelion
Du premier homme. As-tu que cette grote,
Royal Juda, pour loger ton lion,
Qui ton honneur reppara généreux ?...
C'est le subject qui nous rend tant joyeux.

Mon Dieu, quel astre et quelle fleur se cache
Et quelle Nymphe entre deux animaux !..
As-tu point peur, o princesse, qu'on sache
Ton enffant naistre en si pauvres drapeaux ?
Cet équipage, à l'enffer ruineux,
Est le subject qui nous rend tant joyeux.

Mon Dieu, que d'heur, et combien festivée
Fut ceste nuict sur les cieux étoilés

Qui, tesmoignant joye à ton arrivée,
D'obscurité ne paroissoient voilés,
Ainçois ça bas se monstroient lumineux
Pour un subject qui nous rend tant joyeux !

Petit de cors, toutes fois redoutable
Comme un géant, du ciel çà bas tu vins
Donner la chasse au péché détestable,
Et, comme Hercule, entre tes bras divins
Pour écraser le serpent monstrueux :
C'est le subject qui nous rend tant joyeux.

Royal époux de la serve nature,
Par toy haussée en supresme grandeur,
Tu as sorti d'une couche très pure,
Et t'a germé une terre d'honneur,
Qui te receut, saincte pluye des cieux :
C'est le subject qui nous rend tant joyeux.

Ton voisin roy, machinant ta ruyne,
Au sceptre humain te jugeoit prétendant,
Qui apportois la couronne divine
Aux humbles cueurs qui t'alloient attendant;
Simples bergers revinrent amoureux
De ce subject qui nous rend tant joyeux.

En toy le ciel descendit, saincte estable,
Quand tu receus ce vierge enffantement
Qui maint prophette a rendu véritable
Qui l'annonça longtemps en precedent.
En toy fut mis trésor si précieux :
C'est le subject qui nous rend tant joyeux.

XX.

Quand Sirin soubs Cesar qui grand tenoit l'empire
Fist de chacun par teste une description,
Tu vins, petit Messie, au ciel pour nous escrire,
Et serf pour affranchir nostre condition.

L'homme ingrat refusa de loger ta naissance,
Des bestes t'envoyant au giste povrement,
Qui, pour d'un doux repos luy donner l'assurance
Venois, et le loger tousiours heureusement.

Bethléem, hors tes murs une grotte creusée
Receut indignement ce tresor precieux:
Ceste vraye richesse, en terre mesprisée
La perte reparoit que nous fismes des cieux.

A peine il estoit né qu'un tyran le pourchasse,
Cuidant qu'il pretendoit à son sceptre laron;
Mais de l'humilité la fonde et coutelasse
Il portoit, pour ruine au geant d'Acheron.

En hayne de son bers, maincte tendre victime
Espandit dans Rama un sang tout innocent;
De leurs mères la voix plorante ne reprime
Herode qui vers eux la pitié ne resent.

Premices des martyrs, jusques au ciel supresme
L'odeur de vostre pourpre a devant Dieu monté,

Où vous avez acquis chacun un diadesme
Avant que d'en avoir déjà la volonté.

Divin enffant, beny, à ta saincte venue,
Ton peuple qui joyeux te consacre ces vers.
Fay nous part de la peine en la croix qu'as receue,
Quand cinq trous sur ton corps pour nous furent ouvers.

POUR LA CIRCONCISION.

XXI.

A la loy s'asservit son autheur et son maistre,
De son sang empourprant le lieu qui le vid naistre ;
Des purs flancs maternels ne faisant que sortir,
Il commence à pâtir.

Le pierreux couteau monstroit cette loi dure,
Du prépuce mulctant l'humaine créature,
Loy qui se finissoit, Dieu restant appaisé
Soubs un joug plus aisé.

Un lavacre sacré où Dieu donne sa grâce
Y succède, laissant le prépuce en sa place,
Et nous rejoinct à Dieu soubs le joug bienheuré
Qui luy fut conféré.

O beau nom, digne et sainct, l'effroy du noir Cocyte,
Du chrétien la joye et du démon la fuitte,
Et qui le rends confus et son dessein mocqué,
Quand tu es invoqué.

Qu'heureusement tu fais ouverture à l'année !
La bénédiction par toy nous est donnée.
Jésus, tu sois tousiours l'espérance et le port
A nostre desconfort !

XXII.

Vid-on jamais un cas pareil
Et plus admirable mystère!
Une estoille enffante un soleil
Et une pucelle son père!

L'aurore à minuit a esté,
Un fils sort d'une vierge, en sorte
Que neantmoins d'intégrité
Ne fut oncq ouverte la porte!..

Des pauvres et simples pasteurs
Ceste sagesse est adorée,
Qui toutesfois des grands docteurs
Et des rabbis est ignorée.

Non en un palais ellevé
(Car d'orgueil vint la perte humaine,)
Ains nostre salut s'est trouvé
Dans une grote soubsterreine.

Cil qui les cieux d'astres divers
Décore et de fleurs les campaignes,
Pour riche lambris sur son bers
N'eult que les toiles des araignes.

Il brise les retz des malheureux
De l'enffer, par ceste indigence,

Comme en un luxe fastueux
Nous avons faict naistre l'offence.

Pour orner cest parturiment
Qui mist un tygre en espouvante,
Que vous donnastes promptement,
Petits, vostre pourpre innocente!

Que celuy là qui vid son flanc
Creuser, pour laver nostre crime,
Prenne, ainsi qu'il prist vostre sang
Maintenant nos cœurs en victime!..

XXIII.

Toute chose doibt bien conjurer ta ruyne,
Superbe ambition, mort de nature humaine,
La perte de son heur, et le péché premier
Qui la fist fourvoyer!

En voulant estre dieux, nous fusmes misérables
Et de grâce decheus, nous devinsmes coupables,
Et trouvions mourans, subjets à maux divers
Les enffers tous ouverts.

Le ciel, fermé du sceau d'une juste vengeance,
Ayant de nostre exil prononcé la sentence
Sembloit n'avoir plus soing que l'homme sans support
Fust butin de la mort.

L'infinité de Dieu, nostre offence infinie
Rendoit, et le suplice et la peine ensuivie;
L'homme n'eust satisfait par mérite infini
Pour rester impuni.

Voyant donc nostre perte estre de conséquence,
Miséricorde obtint au ciel une audience
Devant Dieu, pour remède aux hommes ordonnant
Un Dieu s'humiliant.

Et de l'humilité pour les œuvres parfaire,
Et le premier péché purger par son contraire
En suppost infini, Dieu charitable alors
Print un passible corps.

L'appareil fut trop pauvre à sa digne venue,
On ne vid en son bers que la paille estendue,
L'antre il eult pour palais, les brutes pour tesmoins...
Pouvoit-il avoir moins?...

Près du simple aignelet, la colombe royalle,
La Nymphe qui n'eult oncq et n'aura son égalle,
A genoux admiroit d'avoir eu cest honneur
D'enfanter son seigneur.

Maint ange s'employa dévot au ministère
De la servir en cresche : aultres ce sainct mystère,
Joyeux, ne pouvant plus aux hommes receler
L'allèrent publier.

A minuit les bergers congneurent ces nouvelles,
Virent le grand pasteur qui, pour rendre immortelles
Ses brebis, paroissoit comme un foible enfant,
Quoy qu'il fust tout puissant.

Affin d'estre égorgé, cest agneau salutaire
Fut cerché d'un tyran qui felon cuidoit faire,
Par le sang innocent de sa principauté,
L'estat mieux cimenté.

De sang on estrena l'exorde de sa vie,
Et par son sang encore elle se vid finie,
Nous marquant de son sang, comme son troupeau cher,
Qu'il nous veuille adopter.

XXIV.

Nuict, qui vid çà bas produict heureusement
Le verbe sans commencement,
Qui revestit son pouvoir souverain
De nostre cors humain.

Les flambeaux du Ciel, redoublant leur splendeur,
Conjurent à te faire honneur,
Et hommager ce soleil qui naissant
Va les embellissant.

Haussc ores ton chef, petite Bethleem
Si ton prix tu recongnois bien!..
Tu as mis l'heur et les félicités
Aux plus grandes cités.

O logis heureux, qu'une grotte donna
A celuy qui tout façonna!..
Heureux encor, o troupeau de bergiers
Qui le vistes premiers,

Cet Alcide preux qui a jeune écrasé
Le chef du vieil serpent rusé,
Et suffocqué entre ses bras vaincueurs
Les oracles menteurs!

Combien, saincte fleur, avois-tu de beauté
Vierge, quand tu l'eus enfanté!
Tu ressemblois l'astre qu'on vid mener
Les rois à t'honorer.

Mais un seul tyran qui craignoït ses estats
Cerche de l'enfant le trépas.
Fuyez bien tost, et, prenant vostre fils,
Sauvez-vous dans Memphis.

Car deja baignant dans le pourpre innocent,
Rama du tyran se resent;
Le meurtre, esmeu contre vous tout exprès,
Vous poursuit de bien près.

O Nymphe, recoy l'offrande de nos vœux,
Et de nos chants devotieux;
Obtien pour nous de louer dignement
Ton sainct parturiment.

XXV.

Saincte nuict, à bon droict nous te faisons hommage
En miracles féconde, un enfant tout puissant
Qui venoit, plein d'amour, restaurer son ouvrage,
Te fist à tout jamais mémorable en naissant.

Pour du joug du péché nous oster les entraves,
Qui avoit contre nous le juste ciel armé,
Le Verbe souverain print des membres esclaves,
Entrant par un lieu clos et le laissant fermé.

De chair mortelle sort cette engeance divine,
Les saints flancs maternels restant inviolés,
Il se lève un soleil d'une rose pourprine,
Nature est estonnée en ses secrets voilés.

On void la Seigneurie en forme d'esclavage,
Une fille en son père a la maternité,
L'enffantement est joinct avec le pucelage
Et la chair est suppost de la divinité!..

Tu monstras, belle Nuict, ce concours de mystères,
Qui passent les rampars de l'humaine raison;
Tu vis ce riche don, espéré de nos pères,
Mais bassement logé en trop pauvre maison.

Heureux parturiment, o qu'il est raisonnable
De t'offrir nos chansons, sainct enffant, Homme-Dieu!
Fay-les dignes de toy, et recoy favorable
Le los que maintenant on t'offre en chaque lieu!

XXVI.

La sagesse œternelle
Et l'astre souverain
Aux flancs d'une pucelle
Print nostre corps humain;
Et ainsi furent joinctes
Dans ce ventre bény
Deux natures distinctes
En un verbe infiny.

Cil qu'engendra le père
En toute œternité,
De féconde manière
Retenant l'unité
De sa divine essence,
Et, sans la diviser,
Pour nostre délivrance
Voulut s'humaniser.

Nuict, qui eus l'excelence
Sur le jour le plus beau,
En toy print sa naissance
Ce mystère nouveau.
Ceste naissance heureuse
Qu'honorable elle fut
A ceste voulte creuse
Qui cet enfant receut!

Enfant foible, ce semble,
Très-puissant toutes fois,
Puisque l'univers tremble
Au respect de tes lois,
L'Enffer sera ta proye,
Et des cieux estoilés
Tu rouvriras la voye
Aux humains exulés...

Soubs ces membres esclaves
Victorieux et fort,
Que de dépouilles braves
Tu auras sur la mort!
Le péché prend la fuitte
Au seul bruit de ton nom,
Qui a trembler excite
Le nuicteux Achéron.

Toy, qui receus l'hommage
Des plus simples bergers
D'aussi bening courage
Que des roys estrangers,
En ce temps favorable;
D'hymnes que nous t'offrons
Prends le don aggréable
Et nos simples chansons.

XXVII.

Trop ingrat et trop dédaigneux
Est qui ne contribue
De l'air d'un cantique joyeux
A ta saincte venue,

O bienheureux enfant
Tout-puissant.

De ton los auront sentimens,
Plus que l'humaine race,
Les brutes et les elemens
Moins doués de ta grâce?..

O bienheureux etc.

Surmonter ne nous laissons point
Aux choses insensibles,
Pour à ce parturiment sainct
Donner nos voix plausibles!..

O bienheureux etc.

En ce foible et ce petit corps,
En cet humble équipage,
D'enfer viens briser les efforts,
Captivant l'esclavage.

O bienheureux etc.

Tu es le verbe qui donnas
A ce tout existence,

Qui vins nous rachapter ça bas,
Sous servile apparence.

O bienheureux etc.

C'estoit raison que les trois rois
Te vinssent recongnoistre,
Puisque tout relève des lois
De ton æternel estre.

O bienheureux etc.

Comme des bergers, qui joyeux
Firent de toy visite,
Receus les dons, recoy les vœux
De nostre asme contrite.

O bienheureux etc.

Et toy, Pucelle, qui conceus
Et enfantas ton père,
Comme dirons-nous tes vertus?
Il vaut mieux nous en taire.

Rends-nous doux ton enfant
Tout-puissant.

XXVIII.

L'œternel ayant jetté
Sur l'homme des yeux divins,
Rendant les cieux plus benins
A nostre calamité,
Pour nous retirer d'enffer, fait chair, s'est ça bas transmis.
O voleur, o voleur, voleur, o voleur,
Rends l'homme que tu as pris.

Enffer, voicy le lion,
Lequel te rendra confus:
Le butin tu n'auras plus
De nostre rebellion.
Ton pouvoir est raccourcy, voicy le salut promis.
O voleur etc.

Ægal à son père Dieu,
En force et en œternité,
Par une vierge enfanté
Il vient humble en pauvre lieu,
Contre l'orgueil du pipeur, lequel nous avoit seduits.
O voleur etc.

L'humaine race à present
Grande par un tel assort,
Se void, en ce roy si fort,
Regner sur le firmament,
Le triomphe remportant de nos vaincus ennemis.
O voleur etc.

Les Mages l'ont recongneu,
Et les pasteurs l'adorans...
Y serons-nous moins ardans
Combien que ne l'ayons veu?...
Enffer en despit de toy, nous chanterons à haulte voix:
O voleur etc.

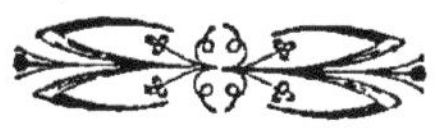

XXIX.

Le couleuvre en Eden,
Ayant d'un faux langage
La ruine d'Adam
Infus en son lignage,
Du péché l'esclavage
Dessoubs un joug pesant
Nous alloit retenant.

Les cieux estant fermés
Par nostre ingrate offence,
Ennemis declarés
De notre oultre cuidance,
Après nostre esperance
De nous veoir delivrer
Nous faisoient soupirer.

Enfin Dieu fit pleuvoir
Du Juste la rosée
Sur le chaste terroir
D'une vierge espousée,
Qui pour rendre appaisée
La celeste fureur,
Conceut nostre Sauveur.

Les prophetes escrits
Prevoyant ces mystères,

Se trouvans accomplis
En choses si contraires,
Dieu, des cieux sur les sphères
Immortel commandant,
Prist lors un corps mourant.

Une virginité,
Sans se veoir offencée,
Eult la maternité,
De l'homme non touchée !
Bienheureuse nuictée
Où ce porte-salut
Povre enffant apparut.

Son triomphe anobly
De l'humaine conqueste,
Du serpent affoibly
Ecrasera la teste.
Dejà l'enffer s'apreste
De luy rendre peureux
Tant de bons pères vieux.

Il ne vient point briguer
L'humaine seigneurie.
Tyran, qui fais baigner
Au sang ta felonie
Pour lui oster la vie,
Et celuy guerroyer
Qui vient pour la donner !

Que contre l'Innocent
L'ire plus ne te porte,

Aux Mages d'Orient
Donne plutost escorte,
Et l'adore en la sorte
Qu'ont fait ces sages rois,
T'abaissant sous ses lois.

Heureux qui aura sceu
Sous son doux joug se mettre,
Et sera recongneu
Serviteur d'un tel maistre.
Car il fera congnoistre,
Les bons recompensant,
Comme il est tout puissant.

XXX.

Nos cantiques redoublons
A ceste royalle feste,
Où, sous les membres qu'avons,
Dieu, fait chair, se manifeste.
Arreste, arreste,
Demon fin,
Ton larcin;
Car on te vient briser la teste.

Enfer, rends-nous le butin
Dont tu avois fait conqueste,
Quand tu fis l'homme mutin
Contre le vouloir céleste.
Arreste, etc.

Un enffant naist ceste nuict
D'une vierge pure et nette,
Qui ravale ton crédit
Biffant l'offence funeste.
Arreste, etc.

Ores tu ne tiendras plus
Nostre nature subjecte;
Cet enfant te rend confus
Dessoubs ceste forme abjecte,
Arreste, etc.

Ores qu'avec les pasteurs
Et mages chacun atteste
Que nous consacrons nos cœurs
A ce monarque céleste.
Arreste, arreste,
Démon fin,
Ton larcin,
Car on te vient briser la teste.

XXXI.

Quand l'ange qui pécha
Du monde intelligible
Superbe trébucha
En ce monde sensible,
Son péché tant horrible
Faict sans suggestion,
Ne meritoit pardon.

Se voyant donc privé
Pour jamais de la grâce,
Se banda depravé
Contre l'humaine race,
Se doubtant que la place
Céleste, qu'il avoit,
L'homme la recevroit.

Aux delices d'Edem
D'avec Dieu il divise
Nostre grand père Adam
D'orgueil et gourmandise.
Nostre race surprise
Offencea neantmoins
Que le diable bien moins.

Dieu regarda benin
Nostre frelle ignorance

Trompée du venin
D'une douce apparence
Du couleuvre, qui pense
Usurper, deceveur,
Du Tout-Puissant l'honneur.

Dieu ce monde ayant faict,
Voyoit que son ouvrage
Demeuroit imparfoit,
Si tout l'humain lignage
Tousiours sous l'esclavage
Du vice et de la mort,
Demeuroit sans comfort.

Son fils donc s'incarna,
Prenant nostre nature,
Et à nous se donna
Pour purger nostre ordure;
Et d'une vierge pure
Que pour mère il choisit,
Faict homme, il se saisit.

Dans sa mère neuf mois
Ayant faict residence,
Le monarque des rois
Se mit en evidence;
Mais avec l'indigence
Se logea povrement
Ce sainct parturiment.

Qui l'eust dict qu'il estoit
Des grands cieux les delices?

Qui l'eust dict qu'il portoit
La rançon de nos vices?
O les douces blandices!
O les ris qu'a bon droit
La Vierge lui faisoit!

Ce fust en ceste nuict
Que parut ce mystère :
L'Ange le descouvrit
A la trouppe bergère,
Qui courut hommagère
Veoir cest enffant mignon,
Des brutes compagnon.

De nos iniquités
Il ne veut point la cresche;
De nos brutalités
Destaignons ceste mesche.
Le logement qu'il cerche,
C'est un cœur revestu
D'humblesse et de vertu.

NOTES.

I.

Mon vers n'est bastant. — *Bastant*, suffisant.

II.

Estoit couché sans bombance. — *Bombance*, faste.
Baisèrent ses drapelets. — *Drapelets*, langes.

III.

Las! quel étrange fruict! Quelle admirable pomme! — *Admirable*, dans le sens d'étonnant.
Dont le mors déloyal. — *Mors*, morsure.
N'y eust fermé le pas.—*Le pas* de la porte de l'Enfer.
De quoi t'estonnes-tu, o peu caulte nature. — *Caulte*, avisé, sage.

IV.

Que Phœbus porte-jour adore. — *Porte-jour*.
On reconnaît là l'imitateur de Ronsard. N'eût-on pas la date de la composition de ces Noëls, ce mot nous la donnerait. Nous rencontrerons encore quelques épithètes du même genre.

V.

Nous chanterons la couche
De ta mère et ton bers. — *Bers*, berceau.
Aux figures caché. — Sous les figures caché.
Que n'avaient eu la grâce etc. Cette strophe est assez obscure : *Que* se rapporte à la strophe précédente. — Il faut construire... sous ce corps enfantin, que les princes tes ayeux n'avaient eu la grâce de voir naître en leur race ; ce que (toi, Vierge) vois de tes yeux.
Bravant de nostre offense. — *Bravant*, triomphant.

VI.

Accepte ces chansons dont nous faisons offerte.—*Offerte*, offrande.

O bienheureux drappeaux que l'Eternel attouche. — *Drappeaux*, comme plus haut *drapelets*, langes.

VII.

A célébrer ceste nuict,
Avec joye annuelle,
Que Dieu fut homme produit.

Ceste nuict que — pour, ceste nuict où Dieu fut etc.

De Vire saincte patronne. — L'église principale de Vire est sous le vocable de Notre-Dame. Une congrégation d'hommes, sous le patronage de la Vierge, est établie depuis fort longtemps dans l'église paroissiale de Sainte-Anne.

En outre, au-dessus de la porte de la Tour de l'Horloge se trouve une statue de la Vierge avec cette inscription : *Marie protège la ville.*

VIII.

Vierge comme auparavant
. . . .

Cette ligne de points remplace un vers qui manque dans le manuscrit.

IX.

Qui vis naistre ce soleil, en faisant ta carrière.

Vers de treize pieds. — Cette sorte de vers n'est pas rare dans les Vaudevires.

Mère de notre Alcide.

Alcide, allusion mythologique assez déplacée dans un pareil sujet, comme nous avons vu (noël VII) *Nymphe* pour Vierge, et comme nous verrons *Encelade* (noel X), etc.

X.

Entre les animaux, sans pompe et sans parade.—*Parade*, ostentation.

XI.

O lampe journalière, etc. Singulier rapprochement entre la venue du Messie et la croissance des jours ? Qu'eût dit Le Houx, si Jésus avait voulu naître au solstice d'été ?

Ainsi donc nous succède. — *Succède*, réussit.

Dieu même humanisé. — *Humanisé*, se faisant homme.

XII.

Ségor qui arse n'a esté.

Ségor, ville de la Palestine, près du lac Asphaltite, épargnée à la prière de Loth, lorsque le feu du ciel tomba sur les villes coupables de la vallée de Siddim.

Arse, brûlée.

Reçoy, patronne des Virois. — Voir plus haut (noël VII).

XIII.

Ce noël a été tout entier biffé par l'auteur, qui a mis en tête cette note :

Cestuy-cy ne sera mis au rang des autres.

Pourquoi cela ? Sans doute les bourgeois de Vire, peu satisfaits de se voir appelés chiches et avares, auront demandé à Le Houx le sacrifice de ce noël ; ou plutôt Le Houx, devenant de plus en plus pieux, n'aura pas voulu mêler une satire à des cantiques.

Couru là pour l'hommager. — *L'hommager*, lui rendre hommage.

XIV.

D'une brigade pastourelle. — *Brigade*, troupe.

XV.

Par ce fruict bienheuré. — *Bienheuré*, qui arrive à une heure propice.

XVI.

Ny en grandeur furibonde. — *Furibonde*, qui fait du bruit, du fracas.

L'arrogance tartarée. — *Tartarée*, infernale.

Quant et quant. — En s'abaissant tellement.

XVII.

Aux cieux, gloire, etc. — Gloria in excelsis Deo, et in terra pax hominibus bonæ voluntatis !

XVIII.

La bouche sybiline. Le Houx fait, je crois, allusion à la IVe églogue de Virgile :

Ultima Cumæi venit jam carminis ætas ;
Magnus ab integro seclorum nascitur ordo,
Jam nova progenies cœlo demittitur alto, etc.

XIX.

Et qui laissa nature épouvantée.—Comme dans l'hymne de Santeuil : *Stupete gentes!... fit Deus hostia.*

XX.

Amour spiré de la divinité. — *Spiré?* je ne suis pas sûr d'avoir bien lu. — Peut-être ce vers veut-il dire : *Amour qui est le souffle de la divinité.*

Mon Dieu ! que d'heur, et combien festivée. — *Festivée,* joyeuse — de festivus.

Qui te réceut, saincte pluye des cieux....

Sainte pluye. — *Rorate cœli desuper, et nubes pluant justum.*

XXI.

Mais de l'humilité la fonde et coutelasse.

Fonde, pour fronde, du latin funda ;—*coutelasse*, glaive.

Espandit dans Rama un sang tant innocent, etc.

Tunc adimpletum est quod dictum est per Jeremiam prophetam, dicentem : Vox in Rama audita est, ploratus et ululatus multus : Rachel plorans filios suos et noluit consolari, quia non sunt. (Matth.)

L'odeur de vostre pourpre a devant Dieu monté. — *Pourpre*, sang.

XXII.

Le pierreux couteau montrait cette loi dure.

Dans la cérémonie de la circoncision on se servait d'un couteau de pierre.

Un lavacro divin. — *Lavacrum*, bain, baptême.

XXIII.

Il y a bien du mauvais goût dans les deux premières strophes.

XXIV.

On lit en tête de ce noël, sur l'air :

Belle, qui m'avez blessé d'un traict si doux.

XXIX.

Pour nous retirer d'enfer, faict chair, s'est çà bas transmis.

Vers de quatorze pieds, que l'air pouvait rendre assez agréable.

Combien que ne l'ayons veu

Combien que. — Bien que.

XXX.

Le couleuvre en Eden. — Ce mot a également les deux genres en latin.

XXXII.

Destaignons cette mèche. — Le peuple, à Vire, se sert encore exclusivement du verbe *déteindre,* pour *éteindre.*

VARIANTES.

Comme aux *Vaudevires:*

Jean Le Houx a fait des corrections aux *Noëls.* — Nous donnons les variantes principales :

I.

Et par chemin non ordinaire
Qu'une vierge ensemble soit mère.

Il y avait d'abord :

Et sans être d'homme touchée
Qu'une vierge soit accouchée.

II.

Le temps du parturiment.

Il y avait le *temps de l'accouchement.* Partout où se trouve le mot *parturiment,* Jean Le Houx avait mis d'abord — *accouchement.*

III.

Tousiours, heureux berceau, ma bouche vous benisse!
O Vierge, puissions-nous
Chanter, par chascun an, par un saint exercice
Et vostre enfant et vous.

Tousiours, heureux berceau, te bénisse ma bouche!
O Vierge, puissions-nous
Chanter, par chascun an, vostre divine couche
Et vostre enfant et vous.

IV.

Après la quatrième strophe, on lisait celle-ci que l'auteur a effacée :

Dieu! que de mystères ensemble,
Pour restablir nostre bonheur!
Cest enfant à l'epoux ressemble,
Sortant de sa couche d'honneur.
Ne nommons plus un povre lieu
Cil où est né cest Homme-Dieu.

VII.

Ton chaste sein et ton los.
Ta chaste couche, et ton los.

IX.

Qui de dons honorèrent.
Qui ta couche honorèrent.

XII.

De ton parturiment insigne.
De toi et de ta sainte couche.

Ton los dans notre bouche indigne.
Ta louange dans notre bouche.

XV.

Qu'en ton los on s'esgaye.
Pour célébrer ta couche.

Se double nostre joye.
S'esgaye nostre bouche.

XVIII.

La bouche sybiline.
La sybiline bouche.

D'une pucelle digne.
D'une pucelle en couche.

XXI.

La perte reparoit que nous fismes des cieux.
La perte reparoit faicte par nos ayeux.

XXIV.

Fut cerché d'un tirant qui felon cuidoit faire.
Fut cerché d'un tirant qui cuidoit sanguinaire.

Nous marquant de son sang, comme son troupeau cher ,
Qu'il nous veille adopter.

Comme ses chers agneaux, de son sang nous marquant,
Qu'il nous vienne adoptant.

XXV.

Cerche de l'enfant le trépas.
Poursuit ton enfant au trépas.

XXX.

Sous son doux joug se mettre.
A bon joug se submettre.

Caen, typ. Goussiaume de Laporte.

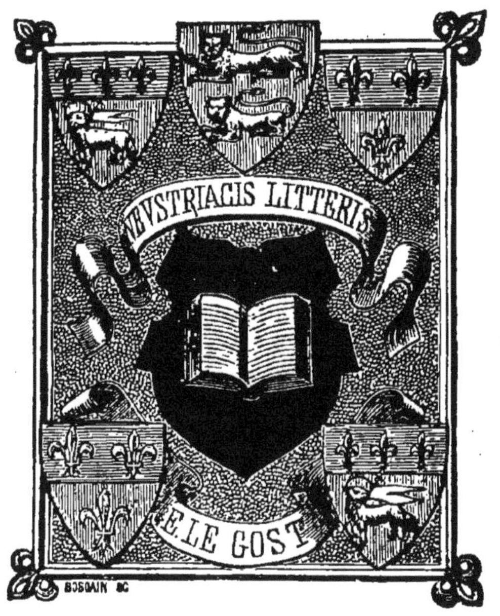

DÉDIÉE AUX BIBLIOPHILES NORMANDS
CETTE PREMIÈRE ÉDITION DES NOELS A ÉTÉ
IMPRIMÉE A CAEN AVEC LES CARACTÈRES
DE GOUSSIAUME DE LAPORTE
AUX FRAIS ET PAR LES SOINS
DE E. LE GOST, ÉDITEUR
M D CCC LXII

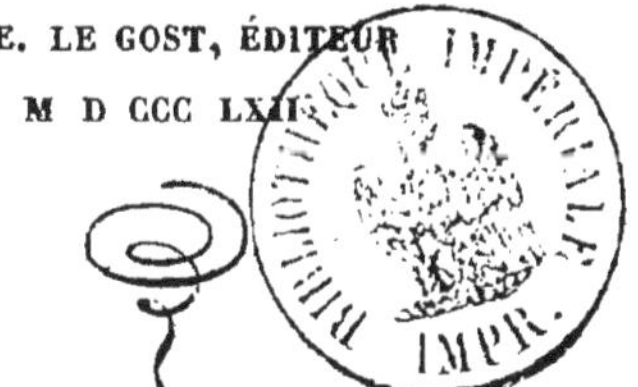

SOUS PRESSE :

SIÉGE ET PRISE DE ROUEN PAR LES ANGLAIS en 1418-1419, par Léon Puiseux, professeur d'histoire au Lycée impérial de Caen, archiviste de la Société des Antiquaires de Normandie. — Un beau volume in-8° tiré à 200 exemplaires.

LES SEIGNEURS DE RYES, œuvre posthume de M. le président Pezet. — Un volume in-8° orné du portrait de l'auteur.

DERNIÈRES PUBLICATIONS NORMANDES :

DE BEAUREPAIRE. Olivier Basselin, Jean Le Houx et le Vaudevire normand. — Brochure in-8° tirée à très-petit nombre d'exemplaires. Prix : 2 fr.

DE CAIX. — Histoire du bourg d'Écouché (Orne). — Un volume in-8° de 300 pages tiré à 150 exemplaires, dont 20 sur papier vergé de Hollande. — Prix : 3 fr. 50 et 6 fr.

Id. — Notice sur le Prieuré de Brionze (Orne). — Brochure in-4°. — Prix : 1 fr. 50 c.

Id. — Notice sur la chambrerie de l'abbaye de Troarn (Calvados). — Brochure in-4°. — Prix : 2 fr.

DELAUNAY DE FONTENAY. — Tempérament physique et moral de la femme. — Un vol. format Charpentier. — Prix : 2 fr.

LAFFETAY. — Essai historique sur l'antiquité de la foi dans le diocèse de Bayeux et le culte de quelques saints récemment introduits dans le calendrier liturgique de ce diocèse. — Brochure in-12. — Prix : 1 fr. 50.

LATROUETTE. — Odes d'Horace, traduction nouvelle avec texte en regard. — Un joli volume in-12. — Prix : 3 fr. 50 papier mécanique et 6 fr. papier vergé.

MANCEL. — Œuvres de Labruyère avec introduction et notes littéraires. — Un volume Charpentier. — Prix : 2 fr.

L'abbé **FAUCON.** — Essai historique sur le prieuré de St-Vigor-le-Grand près Bayeux. — Un beau volume in-8° imprimé avec soin et orné de gravures. — Prix : 7 fr. 50.

L'abbé **DO.** — Origines chrétiennes du Pays Bessin. — Recherches historiques et critiques sur saint Regnobert, second évêque de Bayeux. — Un beau volume in-8°. — Prix : 3 fr. 50, 5 et 7 fr., suivant le papier.

C. VATEL. — Dossiers du procès de Charlotte de Corday devant le Tribunal révolutionnaire. — Volume grand in-8° avec album in-4° contenant son portrait authentique d'après Hauer et un *fac-simile* de son écriture. — Prix : 7 fr.

Typ. Goussiaume de Laporte.

www.ingramcontent.com/pod-product-compliance
Ingram Content Group UK Ltd.
Pitfield, Milton Keynes, MK11 3LW, UK
UKHW012053240726
13965UKWH00003B/1245

9 782013 074551